鳥

山
ころとはく

太陽《たいよう》輝《かがや》く、青《あお》い空《そら》の下《した》、
海《うみ》から伸《の》びた大《おお》きく高《たか》く、
たくさんの命《いのち》を
育《はぐく》んだ山《やま》がありました。

四季《しき》折々《おりおり》、美《うつく》しく豊《ゆた》かな自然《しぜん》に、
生《い》きものたちは山《やま》に感謝《かんしゃ》し、山《やま》も幸《しあわ》せでした。

鳥《とり》の**こう**は、風《かぜ》の**はく**にのせて
歌《うた》ったり踊《おど》ったりするのが大好《だいす》き！
山《やま》も太陽《たいよう》も風《かぜ》も雲《くも》も小川《おがわ》もブナの木《き》、草花《くさばな》も…。
生《い》きている仲間《なかま》たちは、そんな**こう**が大好《だいす》きで、
毎日《まいにち》笑顔《えがお》で楽《たの》しんでいました。

ある日《ひ》、**こう**は不思議《ふしぎ》な夢《ゆめ》を見《み》ます。

なんと！　山《やま》が**こう**に話《はな》しかけてくるのでした。

「**こう**よ！

私《わたし》は近《ちか》いうちに、噴火《ふんか》して

全《すべ》てを焼《や》き尽《つ》くしてしまうでしょう…。」

「卵《たまご》を授《さず》けます。」

「どうか、**こう**よ！

山《やま》と海《うみ》の生《い》きものたちを守《まも》ってください‼」

こうは、急《いそ》いで山《やま》と海《うみ》の仲間《なかま》たちに
山《やま》が噴火《ふんか》することを、風《かぜ》にのせて伝《つた》えるよう、
はくに頼《たの》みます！

はくは風《かぜ》によって山《やま》の生《い》きものを押《お》し逃《に》がし、
波《なみ》によって海《うみ》の生《い》きものを遠《とお》くへと逃《に》がします。

けれど、大好《だいす》きなブナの木《き》、
森《もり》、草木《くさき》、小川《おがわ》は…。
「僕《ぼく》らは動《うご》けない…。
僕《ぼく》らは大好《だいす》きな山《やま》に残《のこ》るよ…。
大丈夫《だいじょうぶ》だよ。」

「泣《な》かないで、こう！
どうか、山《やま》の願《ねが》いを叶《かな》えて。」

こうは、涙《なみだ》があふれてとまりません…。

そして、ついに、その時《とき》が!!

大地《だいち》を揺《ゆ》るがす地響《じひび》きとともに、

炎《ほのお》は天《てん》へと吹《ふ》き上《あ》がる!!

全《すべ》てを覆《おお》い尽《つ》くす赤《あか》い炎《ほのお》と黒《くろ》い煙《けむり》。

大好《だいす》きな山《やま》、森《もり》、ブナの木《き》、草花《くさばな》、小川《おがわ》…。炎《ほのお》に包《つつ》まれていく姿《すがた》を見《み》て

こうは、仲間達《なかまたち》をおきざりにして逃《に》げることが出来《でき》ず、居《い》ても立《た》ってもいられません！

「どうか、山《やま》よ！　この炎《ほのお》が鎮《しず》まりますように！」

こうは自《みずか》らの身《み》を、
燃《も》え上《あ》がる炎《ほのお》の中《なか》に投《とう》じたのでした。

「こうー!!」

叫《さけ》ぶ**はく**の声《こえ》は燃《も》え上《あ》がる炎《ほのお》の音《おと》に打《う》ち消《け》され、
届《とど》くことはありません。

「こう……。」

焼《や》け焦《こ》げたこうを救《すく》い出《だ》し、雲《くも》にのせ抱《だ》きよせるはく。
悲《かな》しみの中《なか》、炎《ほのお》は鎮《しず》まることはありません。

炎《ほのお》と煙《けむり》に包《つつ》まれ
悲《かな》しみの中《なか》、
その様子《ようす》を見《み》ていた太陽《たいよう》は
こうと**はく**に五《ご》しきの光《ひかり》をあてました。

なんと！
その光《ひかり》によって
こうは、霊鳥《れいちょう》こうに!!
はくは、龍《りゅう》に!!
そして、遥《はる》か彼方《かなた》に
飛《と》んで行《い》きました。

旅《たび》をする**こう**と**はく**。
何《なん》日《にち》も何《なん》日《にち》も、何《なに》かを探《さが》し求《もと》め…。

いくときがすぎたでしょう…。

そんなある日《ひ》、強《つよ》い風《かぜ》が吹《ふ》き込《こ》んできたかと思《おも》うと、
なんとそこには霊鳥《れいちょう》**こう**と龍《りゅう》の**はく**が姿《すがた》を現《あらわ》しました。
戻《もど》ってきたのです。

その姿《すがた》はボロボロで、大変《たいへん》だった旅《たび》を物《もの》語《がた》るよう…。

そして、**こう**の胸《むね》には、山《やま》から託《たく》された卵《たまご》がありました。

帰《かえ》ってきて目《め》に映《うつ》る山《やま》の変《か》わり果《は》てた姿《すがた》に、

こうとはくは泣《な》き叫《さけ》び悲《かな》しみました。

はくは悲《かな》しみから山《やま》にたくさんの雨《あめ》を降《ふ》らせました。
何日《なんにち》も何日《なんにち》も力《ちから》の限《かぎ》り！

こうは大切《たいせつ》な卵《たまご》を、
寒《さむ》さと疲《つか》れで弱《よわ》っている体《からだ》で、自分《じぶん》の命《いのち》をかけて温《あたた》めます。

いくときがすぎたでしょう…。
はくの降《ふ》らせたたくさんの雨《あめ》は
炎《ほのお》を鎮《しず》め、火口《かこう》に水《みず》が溜《た》まる頃《ころ》、
そこは湖《みずうみ》になりました。

「**こう**！　やったよ！
炎《ほのお》が鎮《しず》まったよ！　**こう**！」
「**こう**ー!!!」
振《ふ》り向《む》く**はく**の目《め》に
飛《と》び込《こ》んできたのは、
息絶《いきた》えた**こう**の姿《すがた》でした。

そして、温《あたた》めていた
卵《たまご》からは、
殻《から》を割《わ》り新《あたら》しい命《いのち》が
生《う》まれていました。

こうは涙《なみだ》を浮《う》かべ
とても満足《まんぞく》した笑顔《えがお》でした。

天《てん》に召《め》されていく**こう**…。

「**はく**…ありがとう！
おかげで、山《やま》との約束《やくそく》を守《まも》れたよ！
ありがとう！」

こうを失《うしな》って泣《な》き叫《さけ》ぶ**はく**のために、

こうは、天《てん》に召《め》された山《やま》の仲《なか》間《ま》たちとの幸《しあわ》せな姿《すがた》を、
山《やま》の湖《みずうみ》に映《うつ》し出《だ》しました。

大《だい》好《す》きだった**こう**が歌《うた》を歌《うた》い、踊《おど》り舞《ま》う！
その姿《すがた》を楽《たの》しんでいる仲間《なかま》たち。
はくは湖《みずうみ》を見《み》ては涙《なみだ》を流《なが》します。

そう！　幸《しあわ》せの涙《なみだ》を！

湖《みずうみ》は涸《か》れることはありません。

はくの涙《なみだ》は、湖《みずうみ》から命《いのち》の水《みず》となり山《やま》や海《うみ》に命《いのち》を育《はぐく》みます。
新《あたら》しい山《やま》、海《うみ》、生《い》きものたちが戻《もど》ってきたのです。
再《ふたた》び息《い》吹《ぶ》く、美《うつく》しい豊《ゆた》かな山《やま》に！

それからも**はく**は山《やま》に鎮座《ちんざ》し、大切《たいせつ》な山《やま》、海《うみ》、仲間《なかま》たち、湖《みずうみ》を守《まも》ります。

風《かぜ》、雲《くも》、雨《あめ》、雪《ゆき》、霜《しも》になり、山《やま》を育《はぐく》んでいます。

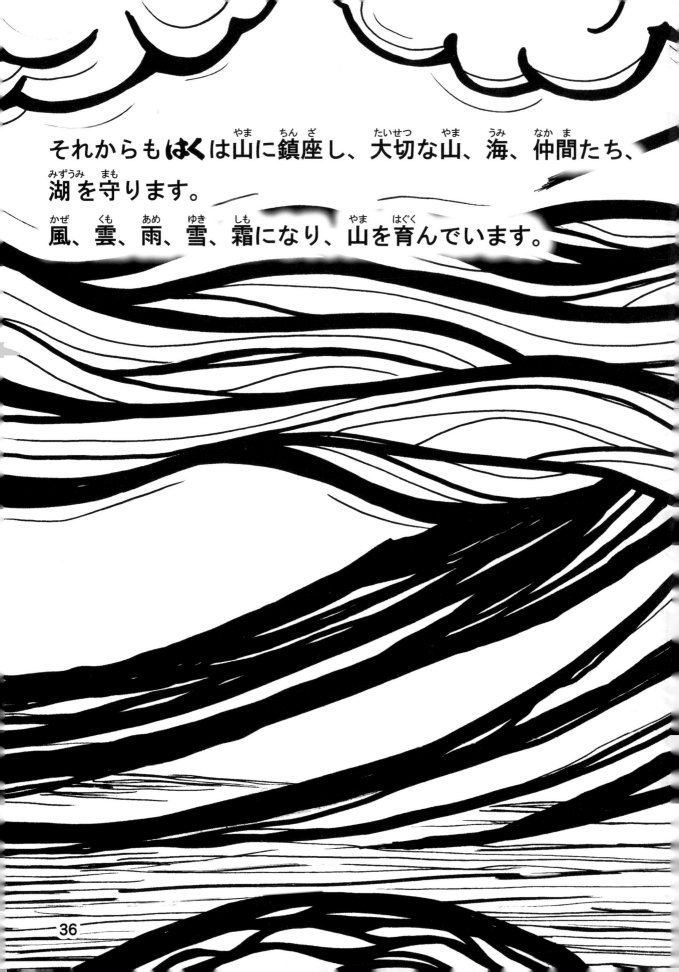

龍《りゅう》が鎮《ちん》座《ざ》し、愛《あい》と実《みの》りし美《うま》し山《やま》。
はくは山《やま》の名《な》を呼《よ》びます。――鳥《とり》の守《まも》った海《うみ》と山《やま》！
鳥《ちょう》海《かい》山《さん》と…。

鳥海山の歌 ２曲

作詞・作曲　緋田雅子

鳥海山 ― 我が故郷 ―

1　青き空　、輝く太陽 、恵み雨、吹く風よ！
風に乗せ来る海の声、鳥の歌、水のせせらぎ
ブナの林と語らいて　空高く舞あげよう！
舞唄おう！天高く！　EO-!!

2　炎吹き上げ鳥海山
空高く、舞い飛ぶ鳥よ
雲引き連れ 遥か彼方
声響き 轟渡る

風吹き起こり、渦巻く雲よ、現れし龍、炎を鎮め

3　授かりし育む命
新芽吹き出し、泉現れ
山に身を置き　涙する
愛に息吹に包まれて

雪の水芭蕉、新緑青さ、紅葉の優美、白雪景色

4　伝えし心、ここにありて
日輪高く　祝福ありて
命結び　祈り唄う
舞あげよう　我が愛を！

5　青き空　、輝く太陽 、恵み雨、吹く風よ！
風に乗せ来る海の声、鳥の歌、水のせせらぎ
ブナの林と語らいて 舞あげよう！舞唄おう！
空高く！天高く！　EO-!!

―その名は、鳥海山 ―

Hanohano ‘O Chokaisan

「雄大山 ― 鳥海山」

1→*Hanohano nō‘oe ‘O Chokaisan*
〔とても雄大なあなた、鳥海山〕
Noho nā ola nui i ka nani e
〔たくさんの命が美しさの中、宿っています〕

2→*Kūmaka ka ‘ikena i ka ha‘aheo e*
〔目を釘付けにする風景、誇りです！〕
E ‘alohi ‘ia ‘oe i ka hau kea e
〔あなたは、雪によって輝いています！〕

3→*Pā mai ka makani ‘olu‘olu e*
〔優しい風が吹いています〕
Ka ulu Buna like me kūpuna aloha e
〔大好きなご先祖様のようなブナの木立よ！〕

4→*l lohe ‘ia ka hoene o waiola e*
〔聞こえてくるのは、命の水の優しいせせらぎ〕
me ke mele o ka manu i ka la'i e
〔静けさの中、鳥の歌と共に〕

5→*Eō ku‘u aloha ‘o Chokaisan*
〔答えて下さい 私の愛、鳥海山〕
Ki‘eki‘e i ka lani a mauloa e
〔いつも、天へと高くそびえている〕

E ola mau me ku‘u ‘āina
‘O Chokaisan♥♥
〔私の土地と共にいつも生きよう！鳥海山

special thanks

Hula Hālau
‘o Mele Aloha
菊池美栄子

ハワイ語監修
大西絢子

Hau’oil’s
(Masako Aketa)
Hula Studio
お問合せ
086.231.2314

あとがき

私がこの絵本を描くきっかけは、鳥海山地方のフラチーム代表の菊池美栄子さんに呼ばれてこの山を訪れた事からです。

一緒に歩き見て聞いて感じたことを、歌にして踊りをつけて生まれ育った山に歌を、踊りを捧げたい！　フラを習う人々ならば、そうしたくなる事でしょう。

この山に長く住む事で生まれた文化や歴史がある中、新しい踊りを提案するには、山への別な視点が必要でした。

八百万の神が存在する日本の想いで、感じたままを描こう。

―この山に神さまが鎮座し、今もこの山海を守っている―

そして、このストーリーが浮かんで来ました！

どうしてこの山が息吹き存在するか……。

子供達をはじめ大人達にも、生まれ育った故郷を見直してくれるキッカケになってくれたらと思います。

踊るという事、歌を歌うという事、そしてそこに感謝が生まれる事を願い、この作品を贈ります。

著者紹介

緋田雅子（あけた　まさこ）

1965年8月12日岡山県玉野市に生まれる。文化服装学院在籍中、装苑賞という服飾デザインコンテストで細野久賞獲得。服飾デザイナーを目指し7年間、イッセイミヤケ「IS」のデザイナーとして就職。28歳からHawaiiのHulaをはじめ、Hau'oli's（masako Aketa）Hula Studio 始動。25年を経て、現在12県にフラ教室を展開ー健康のためのフラから、1歩先のフラを教えている。年に3～4回開催のフラの大会では受賞歴多数。

創作活動

沖縄の島唄を踊る「MO-LANA」発表！　古事記を題材にHULAの視点から――心音天舞を発表！　作詞作曲、振り付け、衣装デザインとトータルに創り上げる。また、日本各地の土地や歴史の歌を作り、踊りを提案しています。オリジナルHawai'ianCD「Ku'uAloha」を発表。今年はオリジナル心音天舞の曲収録「心音天舞」1巻と絵本「鳥海山　こうとはく」を発表。オリジナルHawai'ianCD second「Lei Makamae」を年内発表予定。

鳥海山　こうとはく　　2018年7月7日　初版第一刷発行

文・絵　緋田雅子

発行所　新星出版株式会社

〒900−0001　沖縄県那覇市港町2−16−1

電話(098)866−0741　FAX(098)863−4850

印刷所　新星出版株式会社

ISBN978-4-909366-13-9

定価はカバーに表示してあります。万一、落丁・乱丁の場合はお取り替えします。

はく（龍）

photo by 緋田雅子

こう
こう（霊鳥）

写真提供：秋田県観光連盟